COLLECTION FOLIO

Guy Goffette

L'autre Verlaine

Gallimard

Né en 1947, Guy Goffette a été tour à tour enseignant, libraire, éditeur des cahiers de poésie *Triangle* et de *L'Apprentypographe*. Aujourd'hui il travaille dans l'édition et vit à Paris. Poète et prosateur, il a publié une quinzaine de livres et a obtenu en 2001 le Grand Prix de poésie de l'Académie française pour l'ensemble de son œuvre.

I

L'autre Verlaine

Ce qu'il aura fallu de temps pour que je me convertisse à Verlaine, combien d'errances, d'errements, de ciels perdus, de pluies, de larmes avant que le vieil Ardennais d'exil me rende à ma terre d'enfance avec le fil du cœur et le sens de ma route, je n'en reviens toujours pas.

I

J'avais onze ans quand un garçon du nom de Verlaine fut introduit dans notre classe. Le maître le présenta, nom, prénom, origine, et dit en quelques mots simples la raison de son arrivée tardive parmi nous.

Le mois d'avril était déjà bien entamé. Je m'en souviens parce que je suis né le 18 et que j'avais encore le bras en écharpe après la chute que je venais de faire en étrennant mon premier vrai cadeau d'anniversaire : un vélo d'homme, celui de mon père, repeint de neuf pour l'occasion.

Ce grand garçon finira l'année parmi vous, avait ajouté le maître, faites-lui bon accueil et que les meilleurs de la classe l'aident à se mettre à niveau.

Paroles perdues. Je ne voyais que le gamin sur l'estrade, ses cheveux plaqués à la gomina avec un bel épi devant comme une crête de coq, son visage rougeaud de petit paysan, ses jambes arquées, nerveuses et ses chaussettes de laine épaisse qui tirebouchonnaient sur ses chaussures. Quelque chose de sourd, d'âpre et de violent se dégageait de lui qui m'inspira tout de suite une admiration mêlée de crainte.

Son prénom ? je me suis toujours emmêlé les pinceaux avec les prénoms, ce devait être quelque chose de composé comme Jean-Paul, Jean-Marc ou Jean-Pierre. Ça n'a du reste plus grande importance : nous l'avions tout de suite appelé par son patronyme.

Frais déboulé de l'Ardenne sombre, peu loquace, Verlaine traînait derrière lui une odeur de forêt noire et de pluie grasse qui le tint quelques jours à l'écart dans un coin du préau, l'air sombre mais l'œil aux aguets comme un vaurien, ou bien adossé, les mains dans les poches, au linteau de la porte d'entrée.

Tout changea d'un coup un jeudi après-midi, jour de congé à cette époque-là.

Nous avions pris l'habitude de nous retrouver à une douzaine, chaque jeudi après le déjeuner, quand le temps était au beau, pour une partie de foot sur l'herbe du pré derrière l'école des garçons. Au début, Verlaine, qui avait eu vent de ce rendez-vous, y vint en spectateur : il se contentait de relancer le ballon quand il sortait du jeu dont nous avions déterminé les limites à l'œil avant de déposer aux quatre coins du terrain nos chandails en tas sur l'herbe.

Je ne sais plus qui fit entrer Verlaine dans le jeu, ni à quel moment. Toujours est-il qu'à partir de ce jour-là, son nom s'est inscrit en moi comme une plaie vive.

Elle mettra plus de trente ans à cicatriser.

Trois buts d'affilée dans des angles impossibles ont suffi en un match à asseoir la réputation de Verlaine et à détruire celle de l'honorable gardien de but que je croyais être jusque-là.

Notre public était surtout constitué de filles de l'école des Sœurs, ma petite fiancée d'alors en faisait partie. Elle scandait mon nom avec les autres, plus fort que les autres, chaque fois que je stoppais un tir, et je trouvais dans ses cris un surcroît d'énergie et un baume pour les petits bobos que mes plongeons sur la terre me causaient, surtout en hiver, quand le sol est de marbre.

Ainsi, en deux temps trois mouvements, Verlaine avait renversé la vapeur : il me ravit mon titre, détourna ma fiancée, et devint la coqueluche des petites délurées qui ne se tenaient plus et sautillaient sur place en montrant leur culotte.

Tandis qu'avec les ballons au fond des filets, je ramassais des poignées d'herbes amères qui allaient macérer longtemps, le buteur d'exception se pavanait les bras au ciel sous les Verlaine ! Verlaine ! Verlaine ! hurlés par des gamines frétillantes comme des gardons.

On finit par me confiner à l'arrière dans le rôle ingrat de *back*, comme on disait alors, où plus que tout brillait mon inaptitude à arrêter les dribbles et les tirs féroces de mon exécuteur. J'en conçus de l'aigreur, une amertume qui devait me poursuivre jusque dans mon sommeil, et je finis par manquer à nos rendez-vous footbalistiques. Un jeudi sur deux pour commencer.

C'est ainsi que j'abandonnai le ballon pour le vélo, sport dans lequel, partant seul et me prenant tantôt pour Robic, Darrigade ou Charly Gaul, je finissais premier au sprint sous les applaudissements nourris des oiseaux et des arbres de bordure. À la longue, ces victoires répétées me lassèrent. Puis la gloire de second à l'instar de Poulidor dont la popularité grandissait me séduisit et j'y cédai le temps de me fatiguer de ce rôle que mon imagination servait de plus en plus mal. Je remisai définitivement mon vélo dans la grange, faute de pouvoir l'enterrer dans le jardin comme l'avait fait, dégoûté à tout jamais de la roue, de la route, Pierre Brambilla, dit La Brambille.

C'était le temps des confitures et des conserves. Dans la cuisine qui sentait l'ail et le graillon, je cherchais une impossible consolation en aidant grand-mère à fermer les bocaux. J'ai dû enfouir dans l'un d'eux, avec mon dépit, le nom de ce diable de Verlaine, si je ne l'avais pas déjà enterré d'un coup de pied rageur dans une des taupinières de notre terrain de foot improvisé.

En tout cas, ce fichu nom restera loin de mon souci pendant des années, me fermant du même coup l'œuvre entier du poète homonyme qui disait l'avoir si *dûment* porté.

II

Mon Verlaine à moi bien serré dans son verre, je pouvais désormais entrer à mon tour dans ce bocal qu'on appelle pension ou pensionnat. Religieux qui plus est : l'Institut des Frères maristes de A. Je n'avais rien demandé, j'y vécus seul et mal, à l'étroit dans ma peau comme un ciel d'été dans une pauvre lucarne.

Une espèce de surdité intérieure avait succédé à ma rancœur, qui m'isola davantage.

C'est à mon professeur de français, un petit homme vif et dru, pétillant d'intelligence et de savoir, que je dus ma transformation. Laïc barbu et chevelu à la mode des années soixante, ce sartrien anarchiste détonnait dans le milieu enseignant qu'une gent ensoutanée menait encore à la baguette, et moi, comme une terre asséchée, je buvais sans apaisement chacune de ses paroles.

Il eut beau cependant illuminer de toutes ses craies l'histoire du couple Rimbaud-Verlaine, rendre à chaque poète sa voix propre et son génie en les illustrant d'exemples choisis, je restai sourd à la chanson douce et triste du *Pauvre Lelian*, emporté que j'étais comme une coque de noix dans le sillage tonitruant du *Bateau ivre*.

Le plus étrange, c'est qu'à aucun moment le moindre rapprochement ne se fit dans mon cerveau avec le buteur d'exception de ma jeunesse. Comme s'il s'agissait d'un autre monde : je venais d'entrer en littérature. Et puis, j'avais quinze ou seize ans alors et bien d'autres chats à fouetter.

Hedwige d'abord, ma première vraie petite amie, qui m'attendait frémissante de l'autre côté du haut mur d'enceinte, à deux pas de la maison du dentiste que j'avais réussi à mettre dans ma poche et qui signait complaisamment mes billets de sortie.

Gestapo ensuite, c'est ainsi que nous avions surnommé le préfet des études, à cause de la sainte terreur qu'il nous inspirait quand le bruit de ses souliers cloutés retentissait dans les couloirs et nous plaquait sur nos tables, tremblants de colère et d'impuissance.

Mais Jean-Arthur, l'indomptable voyou voyant de Charleville, m'avait fourni des flèches pour *clouer nus aux poteaux de couleurs* les pions ensoutanés qui bridaient ma révolte et, chaque fois que l'un d'eux passait à ma portée, je lui décochais à voix basse un trait des *Illuminations* avec un « vade retro soutane » à la clef.

C'est ainsi que, la tête à peine sortie du bocal, je fis entrer Rimbaud tout vif et bouillant dans ma mémoire, reléguant pour longtemps le pauvre Verlaine à la portion congrue des manuels scolaires.

III

Mais c'est encore une illusion de croire qu'on peut, diplômes en main, sortir tout entier et nager sur la terre.

À peine hors de l'école, je fis dans un bal champêtre la rencontre d'une sirène qui me coupa le souffle en me faisant valser dans les lumières, mon corps plaqué contre le sien. Dire que je remis Aden et toutes les Abyssinies à plus tard serait mal parler, car je m'enfonçai comme un bracelet au bras de ma belle dans des terres pour moi jusqu'alors tout aussi mystérieuses : les Ardennes.

Ma ravisseuse habitait Bertrix, petite ville belge et grise de schiste et de pluie, où, comme je devais l'apprendre vingt ans plus tard, dans cette rue de Burhaimont en pente et mal chaussée, Nicolas-Auguste Verlaine, le père du poète, était venu au monde et avait vécu à la dure, jusqu'à ce que, lieutenant du Génie dans les armées de l'Empire, il fût muté à Metz où l'histoire de Paul allait enfin pouvoir commencer.

Quant à moi, amoureusement ferré par ma muse, je nageais dans un nouveau bocal sans me douter de rien, gribouillant les vers d'une mauvaise chanson où ma vie s'écrivait à rebours puisque je disais adieu à l'ivresse des départs avant même d'être parti. Et buvant tous les brouillards de l'Ardenne, je contemplais le bel anneau d'or à mon doigt comme un homme à quai regarde la mer qui s'en va.

IV

Quarante ans, j'aurai mis quarante ans à dételer la mer encalminée dans mon bocal, quarante ans à l'apprivoiser pour partir avec elle. Très loin. Là-bas où l'horizon comme une bouteille se renverse pour donner au ciel sur la terre sa calme démesure. Là-bas, afin de toucher cet autre au fond de moi, pur et libre, qui m'appelait, et tout recommencer.

Je me souviens, c'était en 1991, dans cette Amérique du Nord qui parle français avec l'accent encore un peu des vieux paysans de chez nous.

Au bout de quelques mois, il m'apparut que je m'étais trompé, que ce moi tout neuf que j'espérais trouver ici, au bord du Saint-Laurent, s'il avait quelque part une réalité, c'était ailleurs assurément, peut-être même là d'où je venais ; je me dis que je ne l'avais pas reconnu alors parce qu'il dormait dans l'herbe de mon enfance, et qu'il n'y a rien qu'on voie si mal que ce qui se tient à nos côtés.

Une sourde mélancolie m'envahit, à quoi soudain tout se mit à concourir, le vent, la pluie, la neige, les couleurs criardes des maisons de bois, la tête des passants, leur façon de marcher dans la langue. Tout cela, comme un sac de plomb, je le pris en grippe et, pour la première fois, je sentis que la terre se dérobait sous mes pieds : j'étais en exil.

Ce sentiment à la longue, la nostalgie de mes collines, le regret d'être parti sans avoir pu me quitter tout à fait, le besoin d'entendre à nouveau, comme *l'inflexion des voix chères qui se sont tues*, la musique inimitable de la langue de ma mère, tout cela, d'un seul coup, et par Dieu sait quel miracle, Paul Verlaine allait me le rendre au centuple, un soir de l'été des Indiens, avec le nombre et la nuance et la voix.

Est-ce d'avoir lu Émile Nelligan, ce Rimbaud québécois, si grand connaisseur de Verlaine qu'il en recopiera jusqu'à sa mort les vers de mémoire en se les attribuant dans sa folie ? ou d'avoir été soudain tiré de ma torpeur par un

Léo Ferré chantant *La chanson bien douce* que je n'avais jamais lue ? Je l'ignore.

Je me précipitai à la bibliothèque de Trois-Rivières, la petite ville où je mourais et empruntai les œuvres poétiques de ce poète que j'avais si injustement écarté de ma route. Plus de mille pages sur papier bible que je dévorai littéralement. Cinq six jours sans lever la tête et sans mettre le nez dehors, grignotant ce qui me tombait sous la main, les yeux rivés à ce missel profane, m'endormant et me réveillant dedans comme un ivrogne.

J'en sortis hirsute et titubant de joie. Plus question de chercher ici des flèches contre les pions, au contraire j'avais faim et soif d'un courant d'eau tout vif pour relancer le vieux moulin de ma nostalgie, que quelque chose d'assez puissant vienne m'arracher à cette terre à ciel ouvert et me donne des ailes et me souffle dedans jusqu'au pays d'enfance.

Je me revois encore attendant sur le parking (on dit *parcage* là-bas) la voiture (c'est *char* qu'on dit) qui devait me prendre et m'emmener à l'aéroport de Mirabel, et je contemplais toutes ces grosses américaines flamboyantes au soleil de midi, soigneusement rangées comme des pots de confitures sur l'étagère de l'horizon. Ce qui me frappa soudain et que je me mis à déchiffrer, ce n'est pas les petites étiquettes à l'écriture appliquée de ma grand-mère, mais ces plaques minéralogiques toutes pareilles à proclamer en même temps, lettres bleues sur fond blanc, ce que je n'avais cessé de fuir, l'implacable devise des exilés de partout : *JE ME SOUVIENS*.

Le soir même, j'avais changé mon billet et sauté dans le premier avion qui passait.

V

Le chemin du retour sur la terre, c'est le cœur battant et comme un peu gris que je le parcourus, parce que le ciel était bas et filait entre les talus de l'autoroute des Ardennes. Et ce qui devait arriver arriva : la voiture fit une embardée. Sans gravité heureusement, juste un peu de tôle froissée, un massif providentiel de genêts ayant retenu l'engin fou dans ses bras avant qu'il n'atteignît le remblai.

Côté conducteur, la portière se trouva bloquée par un panneau de signalisation. Côté passager, c'est un fouillis de branches qui bouchait le passage. Il ne me restait plus qu'à enjamber les sièges pour sortir par l'arrière. Si j'avais mal aux côtes, comme je m'en aperçus en retombant sur mes pieds, je pouvais marcher : j'étais indemne.

La voiture contournée, je m'approchai de la

pancarte. D'un coup, tout ce que j'avais mis sous le boisseau, enfermé dans un bocal pendant des années, jeté à la mer, tout me sauta au visage, et c'est d'une voix que j'eus peine à reconnaître pour mienne que je lus :

VERLAINE
1 500 m

VI

Ainsi, par trois fois, le nom de Verlaine m'avait frôlé. Par trois fois, aux charnières de ma vie, le poète avait tenté de me parler, mais, stupidement buté dans mon amour-propre, j'avais refusé d'entendre sa voix.

Plongeant dans ses eaux, je reconnus avec quelle légèreté je les avais méprisées, refusant même d'y tremper le petit doigt alors qu'elles étaient faites pour mes bras, que j'y nageais à l'aise.

Je courus les librairies, les bouquinistes, les marchés aux puces, les brocantes, les fonds de grenier, amassant tout ce qui de près ou de loin concernait Verlaine, sa famille, ses origines : biographies poussiéreuses, thèses jamais coupées, correspondances dépareillées. Tout m'était promesse de plaisir et de rachat. Je passai l'hiver à me chauffer le cœur dans ce tas de papiers, surpris de voir ce visage et d'entendre cette voix que j'avais fuie, la voix même, douce et plaintive, de ma mère, la violente tendresse de mon père.

Je renaissais.

Le printemps venu, j'ai pris la route avec Paul Verlaine. Ensemble, nous avons refait les chemins de son enfance, bu la pluie et les brouillards de l'Ardenne, écouté les nuances du vert et du gris, et celles du schiste roux qui chante et qui pleure.

Recru de fatigue à la fois et le cœur comblé, j'ai tout rangé dans un coin de Partance, ma caravane égarée parmi les herbes au fond du verger, tout : les livres, les images et la poussière des routes où Verlaine m'avait entraîné.

Il m'arrive encore de temps à autre de les frôler en passant, comme ces femmes dans la rue que je n'aborde pas. Afin que le désir reste entier, et la musique, et le frisson.

Quand ma lettre d'amour à Verlaine eut fini de pousser devant moi ses pages au gré du vent et des souvenirs, je sus que l'heure était venue de laisser à nouveau rouler le ballon dans le pré, que j'y consentais enfin, comme je consentais au vers le plus tendre de Mallarmé :

Verlaine, il est caché parmi l'herbe, Verlaine.

II

La foi d'un enfant de cœur

I

Ainsi ai-je marché, pendant plus de trois ans, en compagnie de Verlaine ; jour après jour, marché ses routes et ses déroutes, marché ses vers, un à un, sur les chemins qu'il avait marchés. Et les collines par lui sautées, je les ai bondies à mon tour sans jamais perdre de vue l'onduleuse ligne de l'horizon et du poème ensemble, à chaque pas mieux balancé entre le ciel et la terre où l'âme des choses appareille, à chaque pas mieux accordé à la grâce du paysage, au simple bonheur de respirer la vie qui bouge et vibre, à cette foi du marcheur qui sait que, si la route est longue, n'importe, elle a un bout, et c'est peut-être le *paradis*.

En attendant, c'est une bonne auberge, un cabaret, bien trop souvent hélas pour le chemineau que fut Verlaine, ou une petite chapelle égarée dans la bruyère ; c'est en tous les cas un endroit où il fait bon s'asseoir pour recompter les pieds du poème composé par cœur en marchant et vite le transcrire sur le calepin avant que la *fée verte* ne trouble la musique dans l'oreille du poète et retire la terre sous sa chaise.

Car Verlaine ne connaît pas une autre manière de rendre grâce pour la vie nombreuse et vagabonde qu'il mène, le nez en l'air, ravi du soleil qui rit dans les blés autant que de la pluie qui les moissonne avant l'heure.

Pas d'autre merci que d'aligner des vers.

Simplement, comme on respire.

Avec les mots de tous les jours, mais les plus tendres, les plus chantants, les plus ailés, ceux qui jaillissent tout droit de cet insituable fonds du vivant qu'on appelle communément l'âme, où Verlaine mieux que personne a su puiser.

Bienheureux le vieux faune à la fin qui s'est endormi dans sa barbe, avec sous son coude lustré ce poème de *Sagesse* qu'on peut lire à présent et qui l'attend là comme un chien de berger !

Va ton chemin sans plus t'inquiéter !
La route est droite et tu n'as qu'à monter,

. . . .

Simple, gravis la côte et même chante,
Pour écarter la prudence méchante
Dont la voix basse est pour tenter ta foi.

Simple comme un enfant, gravis la côte,
Humble comme un pécheur qui hait la faute,
Chante, et même sois gai . . . .

II

J'en aurai chanté, moi aussi, des vers sur la route pendant ces trois années de compagnonnage intérieur et presque physique avec Verlaine. *Simple comme un enfant*, oui, mais avec la sensation la plus vive de remarcher dans mes propres pas, à la fin boitant boiteux comme lui, dont l'ombre trébuchante éclairait un peu mieux ce chemin chaotique où j'avais failli tout perdre : le cœur, l'âme et la foi de l'enfant qu'aucun poète jamais n'abandonne, à moins de se trahir et de trahir la poésie qui l'habite.

C'est dans ce mouvement où le cœur tient plus de place que la raison, la complicité plus que le jugement, la gourmandise plus que le goût, la passion plus que la rigueur ; dans cette relation quasi fraternelle que j'ai écrit ce

Verlaine d'ardoise et de pluie dont j'ai plus haut conté la genèse. Et c'est dans ce mouvement-là, le même, que je vais tenter d'approcher ici cette question intime entre toutes : la foi d'un homme, poète de surcroît, et quel !

S'il m'arrivera d'avoir recours aux textes en prose de Verlaine, aux *Confessions* notamment, et Dieu sait s'il faut les prendre avec des pincettes, je ne m'y attacherai pas autrement, pas plus qu'aux témoignages de première ou seconde main, et tout autant qu'aux faits et gestes, c'est-à-dire toujours par raccroc et comme en passant.

Mais je citerai des vers, oui, çà et là, parce que quand même, n'importe la maîtrise qu'un poète a de son art, c'est la part la moins suspecte, celle qui, dans ses meilleurs moments, lui échappe – aveu, cri ou sanglot. C'est l'inexplicable irruption de la grâce, l'innocence retrouvée d'un instant, la main de l'enfant qui passe à travers le grillage des mots et qui montre la déchirure, désigne l'invisible, dévoile le visage du présent.

III

La foi comme la poésie, c'est mystère et familiarité tout ensemble. Un drôle de ménage. Comme l'eau et le feu. On l'explique moins qu'on n'en ressent les effets. De là que tous les commentaires du monde, et les critiques, et les sarcasmes, ne prévaudront pas contre cette adhésion irrépressible et spontanée de tout l'être à cela qui vous a reconnu avant que vous le compreniez.

Et puisqu'il est entendu que la seule personne qu'il nous est donné de connaître d'un peu près c'est nous-même, je ne m'aventurerai à parler de la foi de Verlaine qu'à partir de ce que j'ai connu quand la foi et la poésie se mêlaient dans ma vie comme le ciel et la terre.

Deux éléments au moins concourent à la naissance de la foi, comme, d'ailleurs, à son abandon : le milieu de vie et la disposition native à entendre et à recevoir. À quoi l'action de la grâce peut venir s'ajouter comme une main qui pousse ou qui tire, et c'est tout à coup la route qui s'allège, le brouillard qui cesse et un parfum de premier matin du monde se lève qui vous saoule les narines.

IV

S'ils étaient certes chrétiens, les parents de Verlaine, ils n'étaient *point dévots*, comme il l'a écrit dans ses *Confessions*, *mais d'une religion plus que ce qu'on appelle « raisonnable » dans les milieux bourgeois*. Une religion moins de conviction que de convention, où l'ordre social, la respectabilité, l'habitude priment sur le cœur et le désir de sainteté.

Lorsque Paul survint dans cette famille après trois enfants mort-nés dont la mère avait pieusement conservé les fœtus dans des bocaux remplis d'esprit-de-vin, ce fut tout bonnement un miracle et on ne traîna pas à en remercier le ciel comme il faut. À peine Paul-Marie Verlaine baptisé, ses parents le consacraient à la Sainte Vierge et à la couleur bleue.

Est-il rien de meilleur que l'ombre d'un cachot pour se souvenir de la blondeur du ciel, je veux dire, de ce bleu de l'enfance et de cette Vierge qui va si bien avec, dont Paul a perdu le nom ? On peut le penser à entendre le cri poussé par le condamné du fond de sa geôle, à l'heure de ce qu'il appellera sa « conversion » et que je préfère pour ma part désigner comme son « retour à la foi d'enfance » :

Je ne veux plus aimer que ma mère Marie

Car c'est bien un enfant qui parle ici, un enfant de tous abandonné, le même sous les rides qui pleurait, une trentaine d'années plus tôt, dans les jupes de sa mère ou contre l'épaule attendrie de sa cousine Élisa Moncomble parce qu'il avait peur du noir.

Cet enfant du miracle, pourri gâté par les femmes autour de lui qui cédèrent à tous ses caprices l'un après l'autre, parce qu'il était de santé fragile et d'une sensibilité extrême, le voici à genoux contre la porte de sa cellule qui pleure et appelle maman.

C'en est fini du poltron bravache dont Rimbaud avait beau jeu de se moquer, le traitant de *patrouillote* et de *vierge folle*, il est redevenu d'un coup sous la barbe hirsute cet enfant pétri de candeur, crédule et de tout émerveillé qui allait à la messe comme tout le monde, mais qui s'enthousiasmait comme personne pour les dorures et les ors, les statues coloriées, les jeux de la lumière filtrée par les vitraux, les ombres et pénombres que l'encens enivre, et qui s'enchantait de la musique des voix, des formules apprises et récitées par cœur, de la solennité du latin et du rituel et de toute la féerie des offices catholiques de cette époque : messe basse, grand-messe, vêpres, salut, chemin de croix, procession, et *tutti quanti*.

V

Qui parmi nous, pareillement éduqué, n'a pas été sensible à tout ce décorum empreint de magie, de grandeur et d'humilité à la fois ?

J'avoue quant à moi en avoir été si impressionné que je me suis senti, comme Verlaine lors de sa première communion, véritablement *investi* par le bon Dieu, présent en chair et en os dans l'Eucharistie et passant, sous les auspices du pain et du vin, *dans notre chair* même *et dans notre sang*.

Ce qui, rappelons-le, n'empêchait nullement les gamins que nous étions de nous conduire, une fois sortis de l'église ou du catéchisme, comme des garnements impies et même sacrilèges un peu, ni que, à peine entrés au collège, nous jetions tout cela par-dessus la haie comme une vieille défroque, grimaçant avec les grimaceurs et riant avec les rieurs.

Mais il suffisait qu'une peur panique nous assaille et, vite, hors des regards moqueurs, nous joignions les mains et implorions le Seigneur, pleins de repentirs et de promesses qui restaient bien entendu lettres mortes une fois le danger passé et le bon Dieu renvoyé au diable.

On dira que cette foi-là ne vaut pas tripette, que ce n'est même pas une foi d'enfant de chœur (avec un *h* ici, comme de juste). C'est vite dit, oublier que l'enfant naïf en nous qui aimait comme dans le petit catéchisme « de tout son cœur, de toute son âme et de toutes ses forces » le petit Jésus et les moutons et les bougies, que cet enfant qui croyait au bon Dieu et à saint Nicolas comme à la terre solide sous ses pieds, ne meurt jamais tout à fait. Il a laissé en nous des traces plus ou moins profondes, indélébiles souvent et insoupçonnables en tout cas tant que la vie nous sourit.

Mais que tout s'effondre soudain autour de lui, que la nuit se fasse, et le voilà tout nu, grelottant de peur au bord du vide, l'homme qui hier encore plastronnait sur la place.

Il faudra peu de temps à l'enfant que Verlaine avait été dans une autre vie pour revenir danser sur les murs sales de sa cellule, peu de temps pour que cet ange lui prenne la main et relève le vieux faune du mal amour et de l'aveugle existence.

VI

S'il a lu les huit volumes du catéchisme de Mgr Gaume qu'il a réclamés à l'aumônier, ou s'il les a seulement feuilletés avant de s'en servir comme d'un marchepied pour atteindre la fenêtre de sa cellule et lécher le bleu du ciel, Verlaine seul le sait. Ce qui est sûr, c'est qu'il a retrouvé d'un coup le chemin de son enfance et la confiance en ce Dieu infiniment bon qui pardonnait jusqu'aux gros péchés qu'on s'inventait pour faire plaisir à monsieur le Curé.

Il peut lire en lui maintenant, Verlaine, comme dans un vrai livre d'images et, les yeux embués de larmes, battre sa coulpe au milieu des couleurs :

Malheureux ! Tous les dons, la gloire du baptême,
Ton enfance chrétienne, une mère qui t'aime,

La force et la santé comme le pain et l'eau,

. . . .

Tu pilles tout, tu perds en viles simagrées
Jusqu'aux derniers pouvoirs de ton esprit, hélas !

. . . .

Athée (avec la foule) et jaloux de l'instant,

. . . .

Tu vas magnifiant ce par quoi tu péris,
Imbécile ! et niant le soleil qui t'aveugle !

. . . .

— Dieu des humbles, sauvez cet enfant de colère !

VII

Verlaine n'en veut pas à Rimbaud de l'avoir dénoncé, ni à Mathilde qui vient de lui signifier son divorce, emportant avec elle leur petit Georges qu'il a si mal aimé,

Si je me sens puni, c'est bien que je dois l'être.
Ni l'homme ni la femme ici ne sont pour rien.

Il n'en veut pas à ses gendarmes, à ses juges, à ses gardiens de prison à Bruxelles et à Mons, pas plus qu'à la Belgique tout entière comme fit Baudelaire,

Ô Belgique, qui m'as valu ce dur loisir,
Merci ! Tu m'as donné le temps de réfléchir.

Non, il n'en veut à personne et ce n'est aucun d'eux, mais lui tout seul qu'il accuse, lui tel qu'il se regarde et se voit :

un brutal,
un ivrogne des rues,
un sot,
un infatué de ce temps bête,
un cœur à tous vents, vraiment, mais vilainement sincère

et qui reconnaît, avec une lucidité appliquée à soi-même bien trop rare dans la littérature de son temps et du nôtre pour ne pas être soulignée

le mauvais que je fus, le lâche que je suis.

Après ce pitoyable étalage, Verlaine ne sombre pas dans le désespoir, comme on pourrait s'attendre d'un faible de son acabit, il ne tente pas de se suicider, c'est là une idée qui ne l'a même jamais effleuré, mais plein de contrition au contraire, il se jette au pied d'un prêtre et se confesse. *Elle fut longue, détaillée à l'infini cette confession*, écrira-t-il, *ma première depuis celle du renouvellement de ma première communion.*

Délivré, il se ressouvient alors du petit fonds si mince et si fragile qu'il a conservé contre vents et marées dans sa vie de débauches et de dérélictions :

Mais sans doute, et moi j'inclinerais fort à le croire,
Dans quelque coin bien discret et sûr de ce cœur même,
Il avait gardé comme qui dirait la mémoire
D'avoir été ces petits enfants que Jésus aime.

. . . .

Ou tout bonnement peut-être qu'il était encore,
Malgré tout son vice et tout son crime et tout le reste,
Cet homme très simple qu'au moins sa candeur décore
En comparaison d'un monde autour que Dieu déteste.

Et c'est bien vrai qu'il est resté simple jusqu'au bout des doigts, Verlaine, tous les témoignages de ses contemporains s'accordent là-dessus. Un vrai paysan sous le citadin d'emprunt qui s'ennuie avec son gros bon sens et cette naïveté qui n'a pas cours à Paris. Pas railleur pour deux sous, plutôt bonhomme et généreux en diable, un convive agréable et courtois tant que l'alcool n'a pas produit sa terrible dévastation. Bien sûr, à ce penchant que favorise une faiblesse de caractère insigne, il faut ajouter les vices et les péchés capitaux, comme on les appelle, capiteux aussi ô combien ! qu'il n'hésitera pas à recenser dans *Liturgies intimes* :

La Luxure, ce moins terrible des péchés,
Ces deux pires de tous, l'Avarice et l'Envie,
La Gourmandise, abus risible de la vie,
Toi, Paresse, leur mère à tous, à ces péchés,

Et la Colère, presque belle en sa hideur,
Avec de faux reflets d'héroïsme, on veut croire,
Et l'Orgueil, son grand frère à la gloire illusoire,
Et tous dans leur révolte horrible et leur hideur,

. . . .
. . . .

Luxure, orgueil, colère, et toute la filière

Si redoutable est la matière à chutes et rechutes, et si faible la chair, si détrempée la volonté du bambocheur, qu'il ne sait plus quoi ni qu'est-ce, Verlaine, à quels saints se vouer, quels secours attendre ? et de qui ?

Que faire et comment avec ce cœur si facilement qui s'écœure à balancer en lui les contraires, à chercher toujours la nuance,

mêlant sans cesse l'*Indécis au Précis*, le rêve au réel, l'ici à l'ailleurs, l'invisible au visible, avec cette terrible soif d'amour qui, abreuvée aux pires sources, mène aux pires misères ?

VIII

Pauvres poètes, quand l'inspiration a fichu le camp ou qu'elle se refuse comme une enfant capricieuse, qui sont prêts à tous les détours, à toutes les ivresses pour croire encore au présent et vivre jusqu'à demain.

Ah, s'ils pouvaient savoir, ceux-là qui jugent tes vers à tes façons, vilain Verlaine, ceux-là dans la rue qui rient du pochtron moulinant de sa canne de fer avant de rouler dans la rigole ; s'ils pouvaient savoir, ce qui s'appelle savoir, qu'ils vont mourir tout à l'heure, que leur vie ne tient qu'à un fil, ils te regarderaient, je le jure, d'un autre œil et liraient autrement ta poésie !

Toi au moins, tu savais que la mort est là, qu'elle dort simplement contre notre épaule. Tu le savais depuis le commencement. Rappelle-toi ce premier poème maladroit adressé avec quelle audace à Monsieur Victor Hugo, tu n'avais que quatorze ans, qui s'intitulait *La Mort*, comme, à l'article défini près, le dernier qui sortira vivant de ta plume. Car l'homme n'est qu'un passant, n'est-ce pas ? un marcheur sur la route de vie, et la mort le suit comme son ombre, *et la mort est au bout.*

Cette mort dès l'adolescence pressentie qui fit chavirer l'âme de l'enfant Paul-Marie et le jeta sans défenses contre lui-même dans un monde plein d'artifices et de vanité ; cette mort contre laquelle il ne vit d'abord rien d'autre à opposer que la vie la plus brûlante, la plus gourmande, la plus saoule et voluptueuse ; cette mort-là qui l'empêcha de rêver « assis » dans la bonbonnière de Mathilde, de faire carrière et de croire à la gloire comme le commun des mortels, c'est elle, oui, elle-même elle, qui rend plus présent le présent et le manque au cœur plus criant ; c'est elle aussi à la fin qui t'a conduit, pécheur impénitent et tombé à terre, au retour sur toi-même et à la repentance *car, qu'est-ce qui nous accompagne, / Et vraiment, quand la mort viendra, que reste-t-il ?*

Ces vers extraits de *Sagesse* ont été écrits en prison. Verlaine, qui n'a jamais pu rester seul un jour sans gémir, le voici pour deux ans à l'ombre entre quatre murs et dans l'abandon le plus complet, loin de sa mère, loin de Mathilde, de Rimbaud, loin de son fils. Il est l'enfant puni qui a peur dans le noir et qui pleure. Qui regarde le mur et qui voit. Ce qu'il voit n'est rien, une image à peine, et laide à mourir, une espèce de Sacré-Cœur sanguinolent, mais c'est assez pour qu'il tombe à terre et, sous le poids de sa misère, s'effondre en larmes.

Tout cet amour qui lui manquait, toute cette tendresse, toute cette paix enfant qu'il trouvait dans le pardon lui remontent à la gorge. Et comme jadis, il est sûr qu'un repentir sincère suffira à le délivrer du remords, à le laver comme une vitre et, brûlant de joie, à le faire exulter à ce prénom retrouvé qu'il a tant traîné dans la boue :

Ô Marie, ô vous, de toute éternité choisie

Alors, d'un seul coup, *le ciel est par-dessus le toit,/ si bleu, si calme* et tous les barreaux sont tombés, Paul a rejoint Marie, l'enfant a rattrapé son âme, tout innocence et clarté ; l'amour et la confiance de sa mère lui ont été rendus avec la joie plénière d'être nu comme au premier jour. C'en est fini de la route infâme et des déroutes.

Jusqu'à demain.

IX

C'est pourquoi je trouve le mot conversion impropre ici, théâtral et un brin pompeux. Un mot très en vogue à l'époque. Verlaine lui-même d'ailleurs n'écrit-il pas dans sa lettre du 8 janvier 1885 à Jules Claretie : *À parler généralement, quoi d'étonnant qu'un homme revienne à la foi de son enfance ?*

Oui, quoi d'étonnant, sous le coup de l'abandonnement brutal où il s'est trouvé, que Verlaine soit revenu à cette foi d'enfant de *cœur* (sans *h* ici, j'y insiste) qui ne nous quitte pas, n'importent les apparences, quand on s'en croit débarrassé. Cette foi d'enfant ou de *charbonnier*, dira-t-il encore, qui ne le lâchera plus d'une semelle désormais, quoi qu'il fasse, et pourtant ce qui lui reste à vivre ne sera qu'une descente aux enfers, un enchaînement, un déchaînement de beuveries, de cris, de coups et de cochoncetés. Mais à la veille de mourir, c'est lui encore, l'enfant perdu, qui fera demander les secours de la religion comme il en avait dix ans plus tôt, dans *Bonheur*, exprimé le souhait :

Puisse un prêtre être là, Jésus, quand je mourrai !

Au fond, Verlaine n'aura été, derrière le poète de génie et comme le soutenant de son ombre, qu'un grand enfant *jamais fatigué d'être inattentif et naïf*, selon ses propres termes, un enfant mal grandi qui toujours trébuche dans son cœur, titube, tombe dans ses larmes, et qu'une petite voix frêle, d'où venue ? relève, quand elle peut, comme elle peut, du silence de l'âme et des rires du caboulot.

Le débauché ingénu

Fous mon orgueil en bas
Sous tes fesses joyeuses !

P.V.

I

Du lycéen de seize ans qui effeuille en cachette sous son pupitre les *Fleurs* d'un certain Monsieur Baudelaire et qui découvre soudain qu'elles ne sont pas *de mai*, comme il l'avait lu d'abord dans sa candeur, mais bien *du mal*, des fleurs de *perversités* et des *nudités* propres à le faire rougir en sa *jeune corruption* ; de ce lycéen naïf au vieil ivrogne encore vert de quarante-quatre ans qui se laisse rouler dans la farine et dans la boue par des catins cupides et des bougresses de caboulots, le chemin de Verlaine est celui, cahotant et chaotique, d'un Poucet jouant les ogres sans avoir su ni grandir, ni aimer au-dessus de son ombre boiteuse.

Trop choyé par les femmes dès sa naissance —, pensez ! un enfant qui vit, s'il faut le dorloter, celui-là —, Paul Verlaine, après *la jolie passion-*

nette de l'Esplanade de Metz et les premiers *enfantillages sensuels* des vacances ardennaises, leur préférera longtemps les *garçonneries partagées* du collège et les *galopins aux yeux de tribade*, parmi lesquels Arthur Rimbaud se distingue radicalement par sa stature et son génie.

Je suis un féminin, confiera-t-il un jour à son ami Cazals, *ce qui expliquerait bien des choses !*

Pourtant *la Femme* très tôt hanta Paul, ou plutôt, hanta ses rêves d'adolescent fragile et sensuel.

Fouetté par des lectures érotiques à la sauvette, du *Gamiani* de Musset aux *Œuvres secrètes* de Piron, Verlaine a du mal à contenir *l'explosion prématurée d'une virilité facticement précoce*, comme il l'écrit dans ses *Confessions* tardives, d'autant plus que cette virilité trouve difficilement à s'exercer.

Parce qu'il a beau, comme son *Gaspard Hauser*, *trouver belles les femmes*, celles-ci, et c'est à désespérer, ne le trouvent pas *beau*. À l'exception de sa mère et de la petite Mathilde, qui n'a que seize ans quand il l'épouse en 1870, lui qui en a dix de plus, aucune femme jamais pour cette face inquiétante de sagouin chauve ne nourrira de rêves idylliques.

II

C'est donc tout naturellement que Paul, à peine bachelier, se tourne vers le bordel et les filles à soldats. Tout naturellement qu'il revient vers elles, en 1886, quand, sa mère morte et Mathilde définitivement perdue, tombent les derniers garde-fous.

Ces femmes-là, simples trottins ou cocodettes, fleurs de bitume ou de salon, ce sont elles, et l'une ou l'autre avec une attention plus soutenue, qui alimentent et font bouffer comme une chair trop nourrie de désir les vers de *Filles*, de *Femmes*, des *Chansons pour elle*, des *Odes en son honneur*, lesquels constituent avec *Hombres*, pour le versant masculin, l'œuvre *orgiaque* des dernières années.

Il avait d'ailleurs bien commencé.

Rêvant à l'ombre de Baudelaire la femme

amoureuse, lointaine et saphique, le jeune Verlaine avait écrit des vers légers, pleins de musique et de mélancolie que Poulet-Malassis avait publiés en 1867 à cinquante exemplaires sous le manteau. *Les Amies, scènes d'amour saphique*, premiers poèmes érotiques d'un poète déguisé pour l'occasion en *Pablo-Maria de Herlagnez*, furent dès leur sortie condamnées à la destruction par le tribunal correctionnel de Lille. Le fait de subir à peu près le même sort que son ancien maître, et chez le même éditeur, s'il affecta bien ce dernier, ne fut pas pour déplaire à Verlaine qui se rengorgea.

Puis les temps changèrent, l'amour vint et s'en fut, cédant la place aux folies et à la mouise. Et c'est ainsi qu'il attendra vingt-deux ans pour reprendre ces poèmes dans un volume intitulé à juste titre *Parallèlement*, et désigné par lui, après son retour à la foi, comme *l'enfer de* (s)*on œuvre chrétien*.

À cette époque-là, il est déjà devenu l'espèce de vagabond légendaire et sans le sou qui traîne de cafés en troquets, d'hôtels de passe en garnis et d'hôpitaux en asiles. La misère lui colle à la peau, il n'en changera plus, c'est trop tard, les jeux sont faits. Rimbaud s'en est allé vers le soleil, plus de nouvelles ; plus de maman non plus, ni de Mathilde. C'est l'heure du stupre et de la désolation.

Pour lutter contre la solitude et contre la mort de toutes parts qui l'étreint, Verlaine se jette tête baissée dans la luxure avec une gourmandise, une ivresse, une santé qui font bouillir son vers comme l'alambic du diable.

La femme m'a repris tout entier, avoue-t-il.

C'est Marie Gambier, la *princesse Roukhine* de *Parallèlement*, qui ouvre la marche. La petite catin fait ses « devoirs » à l'Hôtel du Midi, un bouge de l'impasse Saint-François, près de la Bastille, où Verlaine réside à ce moment-là. La liaison dure quatre mois. Celles qui suivent, égrenées au fil des rencontres, des soûleries, on en retrouve des traces dans *Filles*, dans *Femmes* : il y a Suzanne Villoni, Rita à la *taille d'homme*, Caroline Teisen, la *Lily* du billet, et puis des anonymes, des passantes, des passades. Jusqu'à ce que s'imposent les deux rivales, scabreusement « parallèles », qui vont se disputer les dernières forces du vieux libidineux et le faire tourner en bourrique : Philomène Boudin, dite *Esther*, la plus jeune, une fille du trottoir elle aussi, sacrément bien tournée, mais qui le trompe avec ferveur, tandis qu'Eugénie Krantz, alias *Nini Mouton*, une ancienne cocotte devenue giletière à domicile pour La Belle Jardinière, retient, ivrogne et jalouse pour deux, son Paulo de misère prisonnier au 39 de la rue Descartes, où il mourra le 8 janvier 1896.

Entre « Esther », la catin qui passe, et « Nini Mouton », retirée des affaires, la ligne de partage est serpentine et difficile à tracer. Qu'il « dédie » à cette dernière des *Chansons pour elle* en vers mal embouchés, anecdotiques et d'une gauloiserie laborieuse, ou s'applique à tresser à la première une couronne d'*Odes en son honneur* qu'il veut d'un ton plus relevé, style *en faux col et en Cronstadt*, comme pour souligner la différence d'inspiration, d'« inspiratrice », l'art poétique de Verlaine ressemble de plus en plus à un vieux maillot de corps traîné dans la boue, qui se démaille.

La bonne chanson douce et mièvre est chantée depuis belle lurette, il n'y reviendra plus, pas plus qu'à l'esthétisme rêveur des *Amies*. La voix claire et suggestive, la mélodie et les nuances s'en sont allées au fil du ruisseau et tout s'englue désormais dans la chair d'un prosaïsme de plus en plus lourd, grotesque, obscène, vulgaire. Le masque lunaire des *Fêtes galantes* est tombé, la mort est à la fenêtre. Pourvu que la porte tienne !

En attendant, soyons gourmands, lubriques, *pire que braise*, foutons, bâfrons sans peur cette vie tant qu'elle brûle encore, tant que la porte tient bon, et tant pis pour les gens bien, les hypocrites et les délicats, voilà ce que proclame à la cantonade le Verlaine nouveau, levant son verre. Oyez, amis, oyez mon vers, comme il est vert et sans tabou, et comme il tient au corps et à la langue, sacrebleu, que la poésie s'y réveille donc un peu les muqueuses !

N'importe, sous le débauché matamore, veille toujours l'enfant de « cœur ». Il a beau grogner comme un cochon dans « le recès de sa triperie », comme dit Claudel, et sacrer jusqu'au fond de son *jouissement*, c'est un enfant qui pleure, car il est seul et tout perdu, loin de Mathilde et de maman.

Que le sperme coule, c'est des larmes encore, et ses cris d'extase, ses obscénités de vieux faune ne sont rien d'autre que les sanglots retournés du laideron de dix-sept ans qui savait déjà que l'amour sans Amour est une triste comédie, une « fête galante » où la mort seule, bas le masque, s'esclaffe. Et qui a cru que rien ne vaut, pour l'oublier, détourner son visage un moment, comme un bon bain de chairs franches et nues avant l'ultime absinthe et vers la nuit qui glace.

Un Arrageois enragé

I

Paul Verlaine, Arrageois enragé ! Évidemment, avec un enfant du miracle, on voit mal comment les choses auraient pu prendre une autre tournure.

Reprenons donc par le commencement.

Éliza-Stéphanie Dehée, native de Fampoux, une bourgade à deux lieues d'Arras, croyait, en épousant dans la petite église de Sainte-Agnès le futur capitaine du deuxième Génie Nicolas-Auguste Verlaine, qu'elle allait lui donner de beaux enfants robustes et qui marcheraient droit. Eh bien non, les trois premières grossesses d'Éliza se soldèrent, on le sait, par un échec.

Trois enfants mort-nés, coup sur coup, c'est à désespérer. Une fille de la campagne comme elle, « du Nord » de surcroît, ça ne baisse pas les bras si vite. Elle est sûre que le quatrième sera le bon et elle n'a pas tort : le 30 mars 1844, voilà Paul, tout frais, tout nu et bien vivant.

II

L'air de Metz, où le père Nicolas-Auguste est encaserné, fait monter en graine le miracle Paul, d'autant plus vite qu'on lui a donné pour nurse un amour de cousine : Élisa Moncomble, une fille du Nord, originaire de Lécluse, de huit ans plus âgée que lui. Les Verlaine l'ont recueillie quand sa mère, la sœur de Stéphanie, est morte en couches.

C'est elle qui promène le petit Paul sur l'Esplanade parmi les uniformes et les flonflons, elle qui lui chante des chansons pour l'endormir, elle, *le rossignol*, comme il l'appellera plus tard ; elle, *la voix – ô si languissante ! –/ De l'oiseau qui fut mon Premier Amour*, écrira-t-il ; elle, la femme rêvée de ces *Poèmes saturniens* qu'elle fera publier à ses frais, elle enfin dont la mort brutale et précoce fera accourir à Lécluse un Paul Verlaine complètement défait et tout *fumant de pluie comme un chien mouillé*. Trop tard, hélas ! Et Paul, comme un perdu, noiera trois jours durant son chagrin dans tous les estaminets du bourg et des environs.

Pauvre Verlaine ! L'absinthe, la grosse bière flamande, le genièvre et la « bistouille » n'ont pas mis longtemps à devenir l'unique remède aux tristesses et aux dérélictions du miraculé trop gâté par sa mère et que le bon capitaine ne parviendra jamais à mettre au pas.

III

Qu'il revienne en Artois pour voir à Fampoux son oncle Julien Dehée, quand la petite vérole attrapée par Mathilde, sa promise, l'oblige à remettre leur mariage aux calendes, ou pour visiter sa mère veuve installée depuis 1875 dans une maison de l'impasse d'Elbronne à Arras ; qu'il soit seul ou accompagné par des amis comme Ernest Delahaye et Germain Nouveau, ou flanqué de sa jeune épouse Mathilde, comme en 1871 quand, vert de peur, il fuit la répression sanglante de la Commune, même avec elle, jamais il ne pourra s'empêcher de céder, malgré ses belles promesses, à ce penchant qui fait de lui l'ivrogne des Lettres françaises, comme le vol et le crime ont fait de Villon son bandit de grand chemin !

C'est l'image en tout cas que Verlaine laissera auprès des « honnêtes gens », qu'ils soient d'Artois ou d'Ardenne, ses deux patries de prédilection.

Mais l'enragé a toutes les excuses : la route d'Arras à Fampoux est longue à pied, elle donne soif avec tous ces troquets qui l'escortent, et puis *Fampol*, comme il dit dans son patois, n'a rien d'une sinécure une fois passée l'heure de la chasse et de la pêche.

Si morne est la plaine céréalière que salit l'industrie et si dense l'ennui pour ce gourmand de bonnes chères et de catins qu'il a tôt fait de reprendre le chemin de la ville où les occasions de faire la bringue ne manquent pas : hors les ducasses nombreuses, les kermesses, les fêtes de confréries comme celle de Notre-Dame-des-Ardents, il y a les petits et les grands marchés de semaine, aux vaches, aux poissons, aux légumes, qui animent les places et font rire aux éclats les cafés où Verlaine prend des cuites qui vont, écrit-il, *s'achever dans une maison de femmes et s'y éteindre dans les flots de volupté... à tant l'heure*.

IV

C'est au *Café Sanpeur*, sur la place du Théâtre, qu'il finit par établir son quartier général. Là qu'il reçoit ses amis, déjeune d'une flamiche, d'une andouillette d'Arras ou de quelque autre plat régional arrosé de bière, avant de les emmener faire le tour de cette ville qu'il aime pour son *calme et la suprême beauté de son ensemble*.

Ses places pavées, ses arcades, ses maisons à pignons flamands, son beffroi, ses cafés, et ses églises aussi, ses couvents et son abbaye Saint-Vaast, rien qui le laisse indifférent, tout lui chaut et chante, car – il le clame et l'écrit en vers et en prose – il est *du Nord cru, du Nord bien*, comme ce Benoît-Joseph Labre, né à Amettes, un pèlerin mendiant qui lui ressemble comme un frère, sa sainteté mise à part, ou comme la petite théâtreuse douaisienne, Marceline Desbordes-Valmore, qu'il mettra à l'honneur parmi ses *Poètes maudits*.

Du Nord, assurément, et non pas de ce *Midi toujours cuit* à l'entendre, *qui écrase tout*, une fois passée la Loire ; de ce Nord composite qui mêle l'ardoise grise et les forêts de l'Ardenne paternelle à la brique éclatante et aux plaines artésiennes de sa mère aussi naturellement que Verlaine en son drôle de patois mélangeait le wallon, le picard et le chti.

Au pays de ma mère est un sol plantureux
Où l'homme, doux et fort, vit prince de la plaine.

V

En 1886, Éliza-Stéphanie Dehée, fatiguée de la misère et des coups de son enragé de fils, rend l'âme. Pour Verlaine, qui ne reviendra plus, quoi qu'il en ait, dans ses *Nords* et ses *Belgiques* tant aimés, commence à Paris la lente et infernale tournée de ces havres où les infortunés, les traîne-misère de tous bords viennent chercher, faute d'une impossible consolation, un peu de chaleur et de réconfort.

Jusqu'à ce clair matin glacé de janvier 1896 où seul, nu, la face contre terre, le « vieux Socrate chauve » arrête la route en travers de son corps.

Passeur d'Ardennes

I

Il y a un jardin en nous plus profond et fabuleux que toutes les richesses, un jardin auquel nous revenons tous, peu ou prou, quand le sol sous nos pieds se délite, un jardin toujours vert où nos rêves vont puiser leurs sucs les plus doux, c'est l'enfance.

Ce jardin-là, Paul Verlaine l'a établi très tôt dans les Ardennes, de part et d'autre de la frontière, où il ne cessera de revenir pour toucher à ses sources et s'y rafraîchir l'âme.

Bien que citadin de naissance et voué au bleu, Verlaine, c'est du vert qui lui coule dans les veines, c'est le sang vert de l'herbe que le suc maléfique de l'absinthe jamais ne remplacera, c'est le vert et la laine des collines, comme le soulignent les syllabes de son nom, c'est le feuillage à petits bruits qui s'éveille et l'haleine des arbres dans le brouillard.

De là, cette verdeur du butor attablé à ses gourgandines et qui fait bombance.

De là aussi, cette oreille de fleur ou de pluie qui rend son vers plus fragile et sonore que le cristal.

II

S'il a ignoré que le berceau des Verlaine, famille de haut lignage avec terres et blason, se situait en Belgique, dans un triangle défini par trois villages, qu'il n'eut pas le désir de connaître, malgré leur nom, le même, comme un écho de loin en loin se répétant : Verlaine, Verlaine et Verlaine, Paul apprit assez tôt que son père provenait de là-bas, de l'autre côté de la frontière.

Il a un an à peine quand il passe celle-ci dans les bras de sa mère pour être présenté à la parentèle, à Paliseul et à Jéhonville, petits villages des Ardennes belges à la dérive sur une mer de verdure. C'est là, chaque été ou presque jusqu'à ses dix-huit ans, qu'il reviendra passer ses vacances scolaires.

De ces années décisives où les sens s'éveillent,

où le goût se forme, dans une nature foisonnante et sauvage, le meilleur de son œuvre poétique porte témoignage.

Au pays de mon père il est des bois sans nombre,
Là les loups font parfois luire leurs yeux dans l'ombre
Et la myrtille est noire au pied du chêne vert.

Les forêts, les loups, les étangs noirs, les pâturages qui moutonnent à l'infini, le schiste qui rit au soleil et que la pluie irise, et les ciels où le bleu toujours s'affole et grisaille, voilà un jardin que Paul n'oubliera pas, même quand les trottoirs de Paris au bout des cabarets se déroberont sous ses pieds. Pas plus qu'il n'oubliera les *garçonneries* dans l'herbe, ni cet accent ardennais qui rocaille sur la langue comme les rochers des bords de Meuse et de la Semois.

III

Le fond même de cette voix verte et qui rocaille, Verlaine l'entendra en 1871, à la lecture des poèmes que vient de lui adresser le garnement de Charleville. Tout y est, tout lui est nouveau et familier à la fois, du « lit vert où la lumière pleut » aux « vieilles vieilleries » des familles. Pourtant le ver est déjà dans la pomme et l'on sent bien que quelque chose d'autre se profile derrière l'adieu à l'« opéra fabuleux » de la nature, à la « pitié douce » de la femme qu'il faut fuir, et c'est au cœur de l'adolescent démarré cette « déchirante infortune » de vivre qui brûle tout devant soi jusqu'à l'horizon.

Quoi d'étonnant alors que le passeur de lisières que Verlaine garde en ses soutes suive sans réfléchir cette *chère grande âme* sur la route vagabonde, abandonnant ceux qui lui sont chers à ce Paris qui ne lui fut qu'exil ?

Après Londres, Bruxelles, le coup de revolver et la prison de Mons, *la vierge folle*, à son tour délaissée par *l'époux infernal*, revient apaiser son cœur et s'assagir un peu aux terres ardennaises que l'autre a fuies pour le soleil épaté du Harar.

En 1877, devenu professeur de français, d'anglais et d'histoire à l'Institution Notre-Dame de Rethel, Verlaine dort tranquillement dans sa barbe, sirote le vin de messe et se couche dans les draps de *Sagesse*, son dernier recueil.

Avec Lucien Létinois, natif de Coulommes, son élève et son fils *adoptif, le fils que mon cœur a élu*, il quitte les bons pères après deux ans de loyaux services et se fixe, en 1880, comme cultivateur à Juniville, dans la campagne rethéloise, au lieu-dit « la Petite-Paroisse », sur une terre qu'il a achetée avec l'argent de sa mère.

Bien entendu, au bout de quelques mois, l'entreprise capote, car, n'en déplaise à Rimbaud, « la main à plume » n'*est* pas « la main à charrue ». Verlaine, philosophe, en conclut :

Notre essai de culture eut une triste fin
Mais il fit mon délice un long temps et ma joie.

Retour à Paris, où la guigne poursuit le poète : *Sagesse* est mal reçue par la critique et Lucien meurt de typhoïde. Verlaine, qui se dit *veuf* et dont la capitale ne veut plus, remonte dans les Ardennes. Il s'arrête à Coulommes, où sa mère a acheté aux Létinois la petite ferme de Malval. Il y jardine un peu, sans entrain ; y écrit *Amour*, sans génie. Puis l'ennui d'être à soi, assis, seul et vide, dans cette campagne mortelle, le reprend. Il y a bien des remèdes à son mal, mais lui n'en connaît qu'un seul : assommer la bête à coups de bocks au *Café de la Barrière*.

IV

La mémoire populaire garde vive aujourd'hui encore le souvenir de « l'Anglais de Coulommes » en macfarlane, le boiteux ivre mort qui insultait la lune et la morale publique. Dénoncé par des voisins chez qui sa mère, qu'il avait menacée au couteau, s'était réfugiée, Verlaine est condamné à passer un mois dans la *prison bon enfant* de Vouziers, où il joue au bouchon avec le gardien chef.

À peine rentré à Paris, où rien ne le retient, il reprend la route des Ardennes : Rethel d'abord, puis à pied, de café en café, Attigny et Juniville. À Charleville, la frontière est à vue de nez, elle fleure bon le sainfoin et la myrtille, il ne peut résister.

Interdit de séjour en Belgique depuis sa condamnation, il trouve l'hospitalité chez une veuve de Corbion, dans la Maison des couleuvres, qu'un petit ruisseau, le Joly, sépare de la France. Au moindre danger, il lui suffit de sauter par-dessus, hop ! et de patienter sur l'autre rive en fumaillant.

On connaît la suite. À la fin de l'été 1885, Verlaine revient à Paris, y traîne sa jambe et sa mélancolie de brasseries en asiles, et s'il laisse tomber ses yeux de plus en plus loin dans le flou des « petites vertes » à deux sous, c'est pour mieux voir, maintenant que la gloire est à ses pieds, ce jardin là-bas qui l'attend, plus vert et plus dru que jamais.

V

Mais il ne reviendra plus. La maritorne qui le tient enfermé, rue Descartes, a beau avoir l'accent du Nord, ce n'est pas assez pour lui remettre l'oreille au creux des herbes ou contre l'écorce rêche des sapins. On dirait que tout en lui, même l'Ardenne, s'est assourdi, et que les loups sont morts.

Paris gèle à pierre fendre, et Verlaine, tombé sur la terre de sa chambre, grelotte de tout son long.

Là-bas, de l'autre côté de la frontière, le beau jardin d'enfance a disparu lui aussi sous les neiges de janvier.

VERLAINERIES
Notules

PALISEUL. *Ici joua Paul Verlaine*. Cette inscription figure sur une plaque d'ardoise apposée sur le pignon de l'ancienne maison des Grandjean, une grange à l'époque, où Verlaine venait jouer avec les camarades qu'il s'était fait, le fils Istace en particulier et puis ce Jean-Baptiste Dewez, qu'il retrouvera des années plus tard, curé à Corbion.

C'est contre un pilier de cette grange que Paul, à chacun de ses retours chez sa tante Louise Grandjean, la sœur de son père, venait mesurer les progrès de sa taille. Inutile aujourd'hui de chercher les encoches au couteau sur la toise improvisée, la grange, depuis longtemps, n'est plus.

*

SOUVENIR DE VACANCES ARDENNAISES (*RELIQUAT*)

C'est à ces moments-là que Paul, qui a dix ans, aime bien être seul à la campagne. Il se fait un malin plaisir d'être le premier debout, de descendre pieds nus le vieil escalier de chêne sans faire grincer les marches, d'ouvrir les volets et de s'asseoir à la fenêtre comme tante Louise, de regarder immobile la rue passer en silence entre les maisons endormies. Pour une heure, il est le maître du monde. Il écoute les couleurs se réveiller l'une après l'autre. Le ciel d'abord s'éclaircit la gorge sur l'ardoise des toits qui brillent comme des rasoirs, puis le grand tilleul sur la place s'ébroue et des paquets de givre s'écrasent à ses pieds. Paul écoute l'archet de la lumière tirer de l'ombre une musique plus tendre que la mousse au pied des hêtres. Sur les façades grises, le soleil fond du rose et la rosée de gel dans l'herbe tisse des filets d'étoiles.

Mais tante Louise se lève et la magie cesse. Paul mange comme quatre de ce gros pain qu'on beurre largement et couvre de confiture. Déjà, il est tout à la joie d'aller avec son père courir le loup qui rôde au bord des bois. On le lui a promis la veille pour l'endormir. Il attend, botté, la carnassière au dos, debout près de la porte, que Nicolas-Auguste se décide. Debout et fier comme le prince d'Orléans à Valmy dont le portrait trône au salon. Debout et piaffant d'impatience comme le cheval du prince. Et prêt à en découdre avec tous les loups de la forêt.

*

Tandis que le curé de Paliseul lui faisait répéter son latin et les *Commentaires de César*, Verlaine traduisait en cachette Catulle, Juvénal, Pétrone, entre autres.

*

En 1871, Paul fait un dernier séjour à Paliseul. Il passe Noël chez les Pérot, voisins amis des Grandjean, se saoule après la messe de minuit, puis repart pour Paris. On aurait vu d'un bon œil chez les Grandjean et les Pérot que Paul épousât Clarisse, la fille de ces derniers, et fît ainsi une fin honnête. Paul ne l'entendait pas de cette oreille. Aussi s'en fut-il dare-dare prier saint Roch en sa chapelle de le préserver de *la peste du mariage*.

*

Sur la plaque, le nom de Verlaine a été calligraphié par un dénommé Ghobert.

*

JÉHONVILLE. C'est là, à quelques kilomètres de Paliseul qu'habitait Julie Évrard, l'autre sœur de Nicolas-Auguste, le père du poète. Verlaine en vacances ne manquait jamais d'y venir embrasser sa tante, dans cette maison aujourd'hui disparue qui portait enseigne de « Boulanger-Débitant-Modes ».

*

En avril 1873, la tante Julie accueille son « grand fou de neveu », retour d'Angleterre. Il est dans un état indescriptible, mais ne dit mot de cet *époux infernal* qui lui en fait voir de toutes les couleurs.

Il passe chez elle un mois à se refaire une santé. C'est de là qu'il adresse à Delahaye un dessin à la plume qui le représente nu, gonflant le torse, sur un socle portant l'inscription *Jehonville faciebat*.

*

CORBION-SUR-SEMOIS. Ce petit village tout en pentes vit de la culture du tabac. En 1885, Verlaine vient s'y cacher. *La Maison des couleuvres* où il logera est parfaite : isolée du village, elle donne sur un ruisseau, le *Joly*, qui marque la frontière avec la France.

On raconte qu'il vivait là avec une veuve, rouquine et mère de famille, on raconte beaucoup de choses. Ce qui est sûr, c'est que Verlaine a retrouvé à Corbion son ami d'enfance, Jean-Baptiste Dewez, devenu curé de la paroisse. Une aubaine pour le boit-sans-soif qui n'a pas un sou vaillant : ici, la fine est gratis, et le cigare. Pour le pasteur, cette brebis qui s'accroche à sa table est un loup juste bon à égarer son troupeau.

*

VERLAINE. À 1 500 m aujourd'hui de l'autoroute des Ardennes, le village n'a jamais abrité de Verlaine. Pas une tombe à ce nom, rien dans le registre paroissial. Si le poète y a passé, il n'en a jamais rien dit, mais son nom clignote le soir au-dessus de l'unique restaurant du coin. Ultime hommage ou lot de consolation ?

NOTE

À l'exception du texte *L'autre Verlaine* et des notules finales, les pièces ici rassemblées dans une version nouvelle ont paru précédemment chez Klincksieck (*La foi d'un enfant de* cœur), au Mercure de France (*Le débauché ingénu*) et aux Éditions Alexandrines (*Un Arrageois enragé* et *Passeur d'Ardennes*).

DU MÊME AUTEUR

Aux Éditions Gallimard

LA VIE PROMISE, 1991

LE PÊCHEUR D'EAU, 1995 (Poésie/Gallimard nº 430)

VERLAINE D'ARDOISE ET DE PLUIE, 1996 (Folio nº 3055)

ELLE, PAR BONHEUR, ET TOUJOURS NUE, 1998 (Folio nº 3671)

ÉLOGE POUR UNE CUISINE DE PROVINCE suivi de LA VIE PROMISE, 2000 (Poésie/Gallimard nº 350), *préface de Jacques Borel*

PARTANCE ET AUTRES LIEUX suivi de NEMA PROBLEMA, 2000

OISEAUX, *illustrations d'Hervé Coffinières*, 2001 (coll. Albums Jeunesse)

UN MANTEAU DE FORTUNE, 2001

UN ÉTÉ AUTOUR DU COU, 2001 (Folio nº 3813)

PETIT PRINTEMPS PORTATIF, *anthologie*, 2002 (H.C.)

SOLO D'OMBRES *précédé de* NOMADIE, édition revue et corrigée, 2003

AUDEN OU L'ŒIL DE LA BALEINE, 2005 (coll. L'un et L'autre)

UNE ENFANCE LINGÈRE, 2006 (Folio nº 4564)

L'ADIEU AUX LISIÈRES, 2007

L'AUTRE VERLAINE, 2008 (Folio nº 4925)

PRESQU'ELLES, 2009

TOMBEAU DU CAPRICORNE, 2009

Chez d'autres éditeurs

MARIANA, PORTUGAISE, Le Temps qu'il fait, 1991

CHEMIN DES ROSES, *en collaboration avec Bernard Noël (huit dessins de Colette Deblé)*, L'Apprentypographe, 1991

LETTRE À UN CYCLISTE (illustrations de Joël Leick), H.C., 1997

L'AMI DU JARS, Théodore Balmoral, 1997

TACATAM BLUES, Cadex éditions, 2000

ICARUS (*traduction anglaise de Tucker Zimmerman* et CD, gravures de Didier Bourguignon), Éditions Transignum, 2000

LE SEUL JARDIN (sérigraphies de François-Xavier Fagniez), Éditions Rencontres, 2001

LES EAUX NOIRES (avec une peinture originale de François-Xavier Fagniez), Area, 2001

D'EXIL COMME EN UN LONG DIMANCHE, MAX ELSKAMP, La Renaissance du Livre, 2002

PSAUME POUR LE TEMPS QUI ME DURE D'ÊTRE SANS TOI (avec des peintures originales de Georges Badin), G. Badin éd., 2003

LUMIÈRE D'ÉPICERIE (illustrations de Wanda Mihuleac), Éditions Transignum, 2006

LE JOURNAL DE L'IMITATEUR (avec des peintures de Joël Leick), Fata Morgana, 2006

ÉPILEPSIE FORCE DOUZE (illustrations de Joël Leick), Fata Morgana, 2007

PETITS RIENS POUR JOURS ABSOLUS (illustrations originales de A.-P. Arnal, C. Deblé, D. Bourguignon, G. Badin, C. Lopes Curval, J. Leick, F.-X. Fagniez, Y. Heru et l'auteur), Éditions Rencontres, 2007

LA CHAMBRE DES NUES (peintures de Julius Baltazar), H.C., 2007

Composition Interligne
Impression Novoprint
à Barcelone, le 27 mai 2009
Dépôt légal : mai 2009

ISBN 978-2-07-038983-4 / Imprimé en Espagne.

164049